Algo te Persegue:

Um Thriller Psicológico cheio de Mistério e Terror

Oliva Corina Franco

"Mais são é aquele que aceita a sua própria loucura". **Edgar Allan Poe**

Por favor, deixe-me um comentário e diga-me qual foi a sua experiência ao lê-lo. Muito obrigado.

Índice

Prefácio

Gostaria de sentir o terror na carne ao percorrer cada uma das linhas das histórias de suspense e terror deste livro? Ou tem medo de as ler no escuro enquanto os protagonistas desta história são perseguidos por...?

Não há mais nada a acrescentar, deixo-o descobrir por si próprio o que as páginas escondem por baixo deste livro misterioso. De certeza que quando o leres não vais conseguir dormir...

Os demónios do milho

Ouvia-se um homem a murmurar maldições enquanto se debatia no meio do nada, perto de uma aldeia abandonada, tentando ligar um carro a todo o custo. Algo lhe tinha acontecido, pelo seu aspecto. Parecia estar a esconder-se de alguma coisa enquanto se virava para todos os lados, agachado no meio de uma estreita estrada de terra batida. Era um dia cheio de nuvens e de tempo agradável; um daqueles em que não se quer morrer. De repente, o homem tenta fazer uma chamada, aparentemente com dificuldades em obter sinal naquele local rodeado de montanhas.

\- Raios! Vá lá! Por favor, atende, por amor de Deus! -Ele estava desesperado ao telefone e, felizmente, conseguiu uma resposta.

"Polícia de Heindenberg, qual é a vossa emergência?"

\- Em Yarling. -respondeu sem pensar.

"Yarling", perguntou o operador com surpresa.

-Sim, Yarling. Não sei a que altura estou, uma vez que apanhei a Interstate 14....

-Muito bem, em Yarling. Diga-me agora, qual é a sua emergência?

-Está tudo bem. Há uma... a minha mulher... estão a perseguir-me. - Disse o homem com voz embargada enquanto olhava em redor, -Não sei quanto tempo me resta, menina, mas... acho que eles já partiram. Por favor, venha...

-Sr. Calmo.

\- Basta apanhar a auto-estrada que desce a 14th e enviar ajuda....

- Sabemos muito bem onde fica Yarling, mas estamos em Heindenberg e, de momento, não há ninguém da estação perto de Yarling disponível".

- Que raio é que ele disse?

"Está a ligar para o condado de Heindeberg, senhor".

- Perder. Eu sei que não está cá ninguém, é uma cidade fantasma, mas podem mandar alguém, por favor, por amor de Deus! - exclamou para si próprio, claramente desesperado e cheio de incertezas sobre o que o estava a assombrar.

"Vamos fazer isso, mas vai demorar algum tempo, estamos a cerca de 50 quilómetros de distância e a patrulha vai demorar cerca de uma hora, senhor".

- Está bem, vou para umas casas abandonadas do outro lado da rua, ou melhor, para o que era uma bomba de gasolina, acho que estarei um pouco mais seguro lá, desde que não me encontrem. Saio quando o polícia chegar. Não tenho a certeza, mas não há aqui mais de cinquenta casas degradadas. É perto da cidade, embora não possa dizer quão perto, porque corri e encontrei aquele carro no meio da estrada, mas não consegui pô-lo a trabalhar, e...

- Não se preocupem, o oficial conseguirá encontrá-lo, mas tenho de vos dizer que a aldeia de Yarling está abandonada há anos. Mas tenho de vos dizer que a aldeia de Yarling está abandonada há anos, por isso podem dizer-me novamente qual é a vossa emergência?

-Sei que não vão acreditar em mim, mas a cidade de Yarling não é uma cidade fantasma como toda a gente pensa.

- "Fiquem calmos. Um agente está a caminho".

- Obrigado.

- Assim, a sua posição é vir de uma estrada na Interstate 14 em direcção à cidade de Yarling sem chegar a ela, especificamente numa estação de serviço na Highway 14.

1

- Algo do género, menina.

- Então não saiam daí. Um carro-patrulha estará aqui em breve, posso saber o seu nome?

-Spencer Walker.

- Perfeito, Sr. Spencer. Não se preocupe, tente manter a calma, um agente estará consigo em breve".

-Muito obrigado. -Spencer disse ao chegar ao local e espiar pelas janelas quebradas para ver se algo se aproximava vindo das profundezas dos campos de milho ao longo da beira da rodovia interestadual que parecia abandonada há anos. O medo aumentava à medida que os minutos passavam para Walker dentro do lugar.

Não tinha passado mais de uma hora quando, à saída da fila de casas horizontais perto da bomba de gasolina, soou a sirene de um carro-patrulha e dele saiu um agente da polícia claramente de outro condado, pelo número do distintivo que costumava identificá-los. O agente dirigiu-se para a loja de conveniência que fazia parte da estação de serviço.

- Sr. Spencer. Sr. Spencer Walker, está aqui? perguntou o polícia ao entrar no drive-thru onde só restavam prateleiras velhas e candeeiros partidos. Não passou meio segundo quando um barulho alertou o polícia e era claramente Spencer que se tinha escondido atrás de uma velha máquina de venda de refrigerantes, cobrindo-se com cartão e sacos.

- Finalmente, Sr. Agente! Estou contente por ter chegado", sussurrou Walker, rindo.

-Porque é que não disse isso à telefonista? Eu teria trazido uma ambulância comigo.

-Vamos embora daqui, Sr. Agente, o que é que interessa agora que ela está ferida.

-Não é uma ferida qualquer, Sr. Walker.

Muito bem, vamos, eu conto-vos tudo pelo caminho. Mas vamos, eu conto-te tudo pelo caminho, aqui não é seguro, por favor. -Spencer insistiu, continuando a mostrar o seu medo, apesar de o agente estar ali armado. Antes de partir, o polícia tentou fazer uma chamada para a esquadra de Heindenberg, mas sem sucesso.

- O sinal está a falhar, por isso não consigo que uma unidade paramédica nos encontre. Então, diz-me o que te aconteceu.

- Eu fui atacado. Eu estava... é melhor sairmos daqui", insistiu Spencer.

- Há mais alguém a acompanhá-lo.

- Não neste sítio, mas...

-Este sítio fica longe da estrada movimentada. Já quase ninguém usa esta estrada. Como é que chegou aqui?

-É uma longa história, mas tudo aconteceu na aldeia de Yarling há algumas horas. Não quero ser indelicado, senhor agente, mas estamos em perigo. É melhor sairmos daqui agora.

- Lembra-se dos seus agressores, Sr. Spencer? Pode dizer-me alguma coisa sobre eles? - perguntou o oficial.

- Ah, sim, mas... eles só te enviaram a ti?

Sou o único no lado sul do condado de Heminher, por isso mandaram-me sozinho. -respondeu o polícia e depois acrescentou hesitantemente. -Vejo que o ferimento é resultado de uma facada, talvez uma faca. Bem, está na hora de irmos embora, temos um longo caminho a percorrer, e depois conta-me tudo.

Enquanto o polícia dizia isto, Spencer recusou-se a sair da velha loja de conveniência, teve um ataque de pânico e o polícia repreendeu-o mesmo antes de ele abrir a porta de vidro temperado da loja.

- O que é que se passa, Sr. Spencer? Venha comigo, não queria ir-se embora primeiro e agora mudou de ideias?

- Não, não podemos sair agora", disse Spencer um pouco paranóico.

- Se não fizer o que eu digo, Sr. Spencer, prendo-o por desobedecer a uma autoridade, e fazer com que ela não sirva para nada. A lei não é um jogo. - E acrescentou.

- Por favor, não levante a voz, eles podem ouvir-nos. - Walker assegurou-lhe com medo evidente nos seus olhos.

- Quem é que nos vai ouvir?

- Essas crianças que não pertencem a ninguém.

-As crianças...! Vamos lá, meu, metemo-nos no carro e saímos daqui, a ferida dele é profunda e precisa de um médico, senão pode infectar e, no pior dos casos, pode ..... Sigam-me, contem tudo enquanto vamos para o carro-patrulha.

- Eu conto-vos tudo oficialmente, mas aqui. Eu sei que tudo isto parece estranho para ti, mas. Preciso de te contar tudo aqui, assim que souber tudo, vamos embora daqui. -Spencer disse, esperando que o policial concordasse. No momento em que ele estava dizendo essas palavras, o sinal voltou no dispositivo de comunicação do policial e ele não hesitou em responder à frequência duas vezes.

- Quilómetro 14, logo após a entrada da cidade de Yarling, exactamente na antiga estrada interestadual que conduz às minas abandonadas de CUCULA.

-Sou todo ouvidos, Sr. Spencer. Desde que me diga que o seu braço está bem. Essa ferida atravessa uma artéria principal.

-É a menor das minhas preocupações. O meu braço continua a sentir-se bem. Disse ele e, sem perder tempo, Spencer Walker começou a contar-lhe o que lhe tinha acontecido ali:

"Está a ver, senhor agente. Vim para este sítio com a minha mulher. Originalmente íamos para a costa, sabe, o Natal está a chegar e queríamos comprar alguns presentes nessa zona para os nossos familiares e visitar alguns velhos amigos. O problema é que nos perdemos e apanhámos a entrada da 15 e depois algumas bifurcações na estrada levaram-nos à Interstate 14, que conduz a Yarling. Foi uma viagem que fizemos com o pretexto de oferecer presentes, mas a principal razão era tentar salvar o nosso casamento. Mas a realidade é que estava a ir de mal a pior.

- Podes descarregar o raio da música. Odeio Bohemian Rhapsody dos Queen. - disse Karla junto ao banco do passageiro, enquanto Spencer acelerava até aos quarenta quilómetros por hora e ignorava-o apenas durante alguns segundos, acabando por ceder aos caprichos da mulher. - Espero que saibas onde estamos.

- No Texas, onde mais!

-Não seja tolo, eu sei que estamos no Texas Spencer, mas ....

-Porque é que me estás a perguntar se tens o mapa contigo? -resmungou o Walker, tentando o seu melhor para não explodir e começar uma luta outra vez.

- Não importa! Só sei que saímos da estrada principal e entrámos numa estrada secundária para vermos quilómetros e quilómetros de campos de milho sem fim à beira da estrada, uma bela paisagem, não achas? -disse Karla num tom sarcástico, enquanto fazia uma cara longa e pouco amigável.

- E achas que nos perdemos de propósito? Achas que é bom conduzir 600 milhas do Wyoming ao Texas e perdermo-nos? Eu tenho um rabo como uma aspirina e tu acusas-me de me ter perdido de propósito. Que idiota! -Walker estava um pouco irritado, mas não levantou a voz muito alto para não começar uma briga. Mas ela não se conteve e fez um comentário mordaz.

2

Sabes, Spencer, às vezes pergunto-me como é que me casei contigo. -Karla disse quando Walker parou o carro por alguns segundos e ela pegou o mapa em frente ao painel para ver exatamente onde diabos eles estavam.

- Saímos da estrada principal 15 e apanhámos a bifurcação aqui que dizia não me lembro, mas viemos direitinhos para a 14, que é aqui; e é uma estrada que vai para a cidade de Yarling e é aqui que estamos, suponho. E... eureka!", exclamou irritada, "a estrada continua por centenas de quilómetros em linha recta, Spencer, e não há nada à frente a não ser o nada. Ou melhor, uma cidade que nos levará ao nada, ou queres ir tão longe, 20 quilómetros...? -acrescentou ele, depois atirou o mapa para o banco de trás do Mustang de 1980. -A cidade que Karla mencionou era evidentemente a cidade de Yarling, a alguns quilómetros das minas abandonadas nos anos 50, e era o fim da estrada. Spencer, pensativo, não disse nada, e Karla, irritada, repetiu:

- Porque é que não vamos comer e depois voltamos, ou queres continuar a conduzir para lado nenhum? -Karla hesitou, mas não sem antes soltar umas quantas maldições indirectas a Spencer, que também não as aceitou de bom grado.

- Estou farto de ti, Karla! Vou dar a volta e vamos sair desta maldita estrada, vamos encontrar aquele teu advogado e eu assino o divórcio. Estou farto de aturar os teus caprichos e birras. - Spencer declarou enquanto dirigia com uma mão e jogava na cara dela tudo o que ele estava esperando há muito tempo e...

- Cuidado Spencer, nós vamos...

Naqueles segundos de distracção, enquanto Walker descarregava todo o seu veneno, o Mustang chocou com algo vivo e bateu-lhe, depois derrapou e parou alguns metros à frente, deixando-os por alguns segundos atordoados e a olharem um para o outro.

-Diga-me Karla..., era um cão.

-Não. Não era um cão", respondeu ela sem olhar em frente, "era um... um rapaz. Um rapazinho de apenas oito anos. Saiu da berma da estrada, do milho.

Spencer saiu imediatamente do carro, e a cena que viu deixou-o à beira do vómito. De facto, ali estava um rapaz com menos de dez anos, despedaçado pelo chassis do carro que praticamente o tinha atropelado. Spencer caminhou uns quinze metros para a berma da estrada e começou a olhar para alguma coisa. Karla saiu imediatamente.

- Spencer! Não sejas idiota, que raio estás a fazer aí a olhar.

Acho que vi algo a mexer-se dentro do milho.

Se não queres ir para a cadeia, é melhor levantares o rabo e ajudares-me a levar o corpo para aqueles campos de milho. -A rapariga fez a proposta. Depois carregaram-no. Deixando o corpo do menino meio enterrado entre as folhas e a vegetação seca. Mas não sem antes Spencer receber todo o tipo de insultos e maldições da mulher por não ter tido cuidado e ser um imbecil.

- Pára com isso, Karla! A culpa não foi minha, quem diria que um rapaz de nove anos iria fugir no meio do nada. E, além disso, tu não ajudaste muito, foste em parte culpada de tudo", disse ela.

Enquanto caminhavam paranóicos para fora do milheiral, algo os deteve. À frente dos seus pés, via-se uma pasta castanha a sair do chão, como se alguém a tivesse deixado ali com a intenção de a esconder. Karla não se importou, até avançou uns metros, de costas para o marido. Quando Spencer estava prestes a pegar na pasta, algo o assustou e ele sussurrou imediatamente para a mulher, alertando-a e deixando-a paranóica:

- Karla! Karla! Traz-me a arma. Não te esqueças do lençol.

- De que estão a falar? - exclamou ela, sem sequer imaginar as palavras que o marido iria dizer.

- À minha frente, escondido entre as plantas de milho, está uma criança como ele, assassinada; a sua garganta acaba de ser cortada, é horrível! Provavelmente não foi há mais de dez minutos, e quem o fez... está perto, muito perto da Karla. - A mulher fez exactamente o que Spencer lhe tinha pedido para fazer.

-Porque é que lhe fizeram isto? Ele era apenas um miúdo. perguntava-se Spencer quando a mulher chegou para lhe entregar a 9 milímetros que trazia sempre consigo como meio de defesa.

-Obrigado Karla, estás a sentir-te bem?

-Sim, sinto-me muito melhor agora. -respondeu sem pensar.

-Mas o que é que vais fazer?

- Temos de levar o corpo à polícia. respondeu, enquanto punha o lençol por cima dele e levantava o pequeno corpo do rapaz de treze anos para dentro da bagageira.

- Spencer, o que é que queremos com a pasta?

Pode servir como prova. Ponham-no lá atrás. E vamos embora imediatamente. -ordenou com receio, enquanto olhava pela última vez para o local onde tinham estado há alguns segundos, um sítio que, à distância, parecia bastante sombrio.

12

Após duas longas horas, os dois falam finalmente um com o outro, depois dos acontecimentos muito particulares a que assistiram.

3

- Em que cidade é que me disseste que a Karla era a próxima? - suspirou Spencer, com um pouco de sono depois de ter percorrido quase trinta quilómetros.

Chama-se... deixa-me ver... já sei, Yarling Stock, e se não me engano estaremos lá dentro de alguns minutos. -disse Karla.

- Achas que eles têm uma esquadra de polícia?

-Duvido, só se vê um ponto", exclamou enquanto lhe mostrava uma pequena marca no mapa que indicava que era a única aldeia da zona.

-Espero que haja pelo menos alguém com autoridade para deixar esse corpo, talvez essa criança assassinada seja dessa cidade. -Spencer havia comentado.

-Mas, não lhe vamos falar sobre....

-Isso foi um acidente Karla, não podemos dizer isso. Isto é diferente.

-E se nos perguntarem onde o podemos encontrar.

-A estrada é gigantesca. Eu saberei o que inventar.

- Porque é que eles cortariam a garganta a uma criança? -Karla perguntou. Spencer ou não queria responder ou não sabia o que dizer. Ela não vacilou e sugeriu novamente. - Porque é que não levamos o corpo para Stambord, melhor.

-Estamos perto, vamos ver se há algum em Yarling e, se não houver, voltamos para onde diz.

-Sabes uma coisa, Karla.

- O quê?

- Vimos algo fora do normal....

-Apenas um motociclista e... um condutor de trilhos.

-Não me referia à 15, que é a estrada principal, mas a esta estrada.

-Não, não vimos um maldito carro em quilómetros.

-Um pouco estranho, não achas?

-Talvez seja porque ainda não é feriado e a maioria das pessoas está a trabalhar. -disse ela.

-Deseja abrir a mala.

-Achas que vai ajudar? É melhor ligar o rádio, talvez haja alguma coisa boa.

Spencer começou a mover os ponteiros das estações sem se decidir, até que uma estação o deteve por causa do que estava a transmitir, uma mensagem extremamente estranha:

"Só os puros de coração se salvarão, todos os maus merecem morrer. Os pecadores não entrarão no reino, apenas os que merecem a vida. Os transgressores merecem ser afastados da vida. Quem pratica a luxúria, quem amaldiçoa o milho, quem faz as coisas do mundo, quem se contamina com as coisas de satanás, esse pagará..."

Desculpa Spencer, mas essas pessoas religiosas irritam-me. -Karla disse enquanto desligava o rádio.

-Ouvi-o falar de milho, tenho a certeza.

-Não lhe prestei atenção nenhuma. Mas olha, ele acabou de abrir a pasta. -disse a rapariga.

- Então? há um milhão de dólares.

- Não estou a brincar, Spencer.

-Então, o que é que se passa?

-Duas camisas, tipo anos 30, quer dizer, parecem-se com as que o meu avô usava. Um par de sapatos pequenos, um boné e... uau, um desenho estranho, certamente tudo isto pertenceu a uma criança. - respondeu a rapariga.

- Não achas estranho a mensagem que foi emitida naquela estação?

- Porque é que o menciona?

-O que foi dito. A mensagem.

- Toda a minha infância ouvi essas coisas dentro de uma igreja, podem imaginar como acabei.

-Mas aquele rapaz, o pregador que apareceu naquela estação, era muito jovem. Bem, a voz dele indicava isso.

-É o pior. Porque nos inculcam uma série de coisas enquanto estamos a ser manipulados. Fazem-nos sentir como escumalha, que somos pecadores e isso. Se tivessem estado comigo em criança, diriam a mesma coisa. Por exemplo, o Pastor Misael passava sempre com o tabuleiro do dízimo e com o seu filho de seis anos, que tinha Síndrome de Down, e fazia-o assim para que todos lhe dessem. Ele era um filho de...

Enquanto ele contava esta anedota, um objecto caiu da parte de cima da mala, que ainda estava aberta, e caiu no fundo da mala.

- O que é isso Karla?

-Não sei. Deixa-me ver, mmm, olha! Acho que é um pequeno rosário feito de cascas de milho secas. Algo estranho!

- Uau, como as pessoas religiosas são engenhosas. Até fazem amuletos a partir de coisas naturais. -disse Walker à sua mulher, enquanto mantinha um olho na coisa enquanto se aproximava da cidade.

Deita-o fora, é horrível.

4

-Não te preocupes, pode ser útil para nós, talvez, como um teste.

-Estou à procura de um rosário feito de palha de milho, como queiras! -sussurrou ela, irritada.

-Continuámos e, alguns quilómetros depois, apareceram casas e barracões antes de chegarmos a este aglomerado de casas. Primeiro, queríamos verificar se havia alguma esquadra de polícia por aqui, mas como vimos que o local estava abandonado e não vimos ninguém, decidimos voltar para trás e entrar na aldeia pela pequena estrada de terra batida que dá acesso à mesma.

- Claro que, como lhe disse, Sr. Spencer, quase ninguém passa por esta estrada, excepto um turista estranho como o senhor, que se perde. Mas era mesmo necessário contar-me toda esta história para, de alguma forma, acalmar o seu subconsciente do assassínio que acabou de cometer? Tenho sido bastante afável, embora duvide que sejam assim na esquadra da polícia, Sr. Walker.

-Não oficial, ainda não terminei. Isto é apenas o início.

"Pouco antes de chegarmos, os campos intermináveis de plantas de milho continuavam a espalhar-se e, numa bifurcação da estrada, exactamente a que conduzia à aldeia, havia um sinal particular que dizia: "Abençoada é a igreja dos eleitos", após o qual apareciam anúncios de Pepsi e de cola. Depois, chegámos a um troço bastante singular da estrada, onde havia dezenas de placas antigas espalhadas, cada uma a pelo menos dez metros de

distância - "L A S S P A D E O F E L A N G E L N O S A C O M
P A N A - D I A Y N O C H E" -.

- Porque é que te estás a rir, Karla? - perguntou Walker.

-Viste os sinais.

-Sim...

-Vejo que não os lês. E as coisas que eles dizem. Pergunto-me que tipo de malucos vivem em Yarling Texas para terem tempo de fazer tudo isso. Que engraçado! - exclamou Karla, soltando uma rara gargalhada.

- Sente-se bem?

- Vou ficar bem até estarmos longe deste maldito sítio.

-Possivelmente, os habitantes daqui comem milho e, se não me engano, esses sinais têm a ver com milho. Já que é a única coisa que vimos em quilómetros.

- Spencer!

- O quê?

-Esqueça.

-Ufff. Finalmente chegámos. - Walker apontou enquanto lia uma placa de madeira a dar as boas-vindas à aldeia: "Bem-vindos a Yarling, a melhor aldeia do mundo.

-Que modéstia destes aldeões", murmurou a mulher.

-Bem, cá vamos nós. Não quero ter outro acidente enquanto conduzo, olha, do lado direito pode haver uma esquadra da polícia.

-Só vejo casas, um café com uma fachada abandonada... uma escola igual a esta. Espera, pára aqui. -Karla gritou e, quando Spencer puxou o travão de mão, começou a dizer: "Para trás e vamos levar o corpo para Stambord. - Voltem para trás e vamos levar o corpo para Stambord.

- Porque é que diz isso?

- Não vês Walker, esta cidade está completamente vazia. Somos só nós. Além disso, não gosto disso. Qualquer louco se pode esconder por aqui, e não te esqueças de quem cortou a garganta do miúdo que trazemos na bota. Que me garante que não é de cá. -reiterou ela.

-Bem, parece que sim, mas. Talvez eles estejam à volta da praça. Porque é que não seguimos em frente e...

-Não Walker, eu não quero. - respondeu ele num tom histérico. - Não te apercebeste que na casa de câmbio por onde passámos, estava cinco francos por dólar. Sabes quanto está agora, quinze francos por dólar? E isso quer dizer que é o mínimo de há oito anos. Já estamos no centro da cidade e não há Walker, compreende...!

- Quer que eu conduza com um cadáver na bagageira até Stambord, que fica a mais de 90 quilómetros de distância. Receio dizer-vos que não temos gasolina suficiente para ir tão longe, na melhor das hipóteses vamos sair desta maldita estrada até chegarmos à estrada principal. -Spencer resmungou enquanto amaldiçoava a situação em que se encontravam. Karla começou a ficar histérica e a queixar-se ao ponto de gritar que queria sair desta cidade que a estava a deixar nervosa.

-Podem falar mais baixo?", gritou Walker, "temos um cadáver de um miúdo cuja garganta foi cortada minutos antes de o atingirmos inadvertidamente. Quero ir à Câmara Municipal, apresentar um relatório e sair daqui. Se não concordarem, podem sair e descer a rua; eu apanho-vos mais tarde. -Walker estava aborrecido, Karla zangou-se e saiu do carro decidida a sair dali, mas o medo impediu-a de o fazer e teve de voltar para trás.

- Não sei como raio assinei a carta de casamento, foi a pior coisa que já fiz. Todos os casamentos começam e acabam da mesma maneira: um ano de felicidade e depois .... E depois; brigas e brigas e brigas. -disse ela com raiva, resignada com o facto de o marido conduzir até onde queria ir: à Câmara Municipal.

5

Perdoa-me, Karla. Tive de o fazer. Espera por mim aqui. Volto já, vou àquele restaurante, deve estar lá alguém a comer.

-E tu vais deixar-me aqui sozinha, espera... Não ouviste isto?

- O quê?

-Nada. Não achas estranho que não haja nenhum carro, nenhum ruído de qualquer tipo, apenas silêncio.

-Esperem, ele ouviu vozes de crianças", disse Walker.

-Deve ser imaginação tua", gaguejou ela. -É melhor eu ir contigo e vamos embora daqui.

Os dois dirigem-se ao pequeno restaurante de marisco que fica ao lado do que parece ser a Câmara Municipal. Abriram-na e, para surpresa de ambos, não havia lá nada.

-Não, Sr. Walker, há demasiados comensais, não acha? -disse a mulher sarcasticamente.

- Cala-te Karla! Além disso, fizeste parte da ideia de querer comer alguma coisa, oh não, parece que este sítio está fechado há anos, olha para aquele bar....

-Está partido, como se tivesse acontecido alguma coisa má, talvez uma luta e o sítio estivesse todo destruído. Mas não importa. Spencer, está na hora de ir, acho que já vimos o suficiente.

-Esperem, encontrei uma coisa.

- O quê?

-Um calendário; diz 1978.

- Uau, eu disse-te, este maldito lugar está deserto há décadas. Mas tu teimaste em querer vir. Agora é altura de nos pormos a andar daqui para fora", disse a rapariga furiosa, enquanto Walker saía em disparada e se dirigia para a Câmara Municipal, que estava claramente na mesma.

-Spencer, és um tolo, não percebes que há algo de errado aqui. E continuas a tentar encontrar pessoas onde não há nenhuma. - gritou a rapariga.

Entenda, eu só quero livrar-me de você-sabe-o-quê.

Três minutos depois, estão a sair do edifício que já serviu de câmara municipal, talvez nos anos setenta. Para se dirigirem, apesar das birras de Karla, a uma enorme igreja a cerca de 300 metros de distância.

- E o Walker agora? Não me digas que vais rezar.

-Deixa-me ver. -Queres vir?

-Não vou contigo a esse sítio. Não vou a um desde que entrei no liceu e nunca mais quero voltar. Vá lá, Walker, vamos parar com este disparate e vamos sair, por favor. -A rapariga voltou a insistir.

-Só demoro um minuto", disse Walker enquanto se afastava e acenava com o dedo do meio por cima do ombro. Karla gritou de volta:

-Se não voltares num minuto, já sabes; ligo o carro e deixo-te aqui no meio do nada.

Como lhe disse, senhor agente, deixei-a no carro e entrei na enorme igreja no meio da aldeia. Pensei que íamos encontrar pessoas.

- E, como era de esperar, o Sr. Spencer não encontrou nada, pois não?

-Pelo contrário, gostaria de não ter encontrado nada.

-Entrei no átrio, ou melhor, no foyer, e fiquei surpreendido com a escuridão, pelo que demorei algum tempo a habituar-me ao ambiente. Depois de me ter habituado ao ambiente, a primeira coisa em que reparei foi num monte de cartas de madeira que estavam em cima de uma pá de lixo, como se tivessem sido deitadas fora de propósito. Pareciam tão velhas como aquele calendário de 1970 ou mais. Cada figura ou letra de madeira tinha cerca de quarenta centímetros de altura. Então, pus-me a formar uma frase qualquer. Finalmente, após alguns minutos, consegui formar a frase "igreja". Não sei bem o que me estava a acontecer naquele momento, a minha mulher gritava furiosamente dentro do carro e eu estava aparentemente a fazer algo estúpido. Mas não sei, algo me dizia no fundo que eu tinha de saber o que aquele grupo de letras dizia, que continha um mistério de algo muito mau que estava a acontecer ali. Passaram mais uns minutos e no fim tinha decifrado a frase toda: "Igreja Baptista do Senhor". E isso era uma coisa estranha, quem é que retirou aquelas letras que deveriam estar na fachada e praticamente as deitou fora? Aquela igreja já não era a Igreja Baptista do Senhor, agora era outra coisa.

- Claro, Sr. Spencer! Só mudaram o nome e mais nada.

-Foi o que pensei ao princípio, senhor agente; mas que tipo de igreja é essa? perguntei a mim próprio. Depois disso, entrei no hall de entrada e o que descobri surpreendeu-me. No chão havia centenas de pequenos crucifixos idênticos ao que eu tinha encontrado dentro da pasta. E ao fundo havia um cristo, e uma pintura na parede bastante estranha, como se tivesse sido feita por crianças. Sabes, a forma rude de desenhar. E ao lado dele havia gente, é o que eu quero acreditar, numa espécie de fogo como se fosse o inferno. Ah! E esqueci-me, na cabeça desse

Cristo, punham-se carolos de milho como cabelo e como sacrifício; gente ao lado de carolos de milho...

- Esses loucos. Perdoe-me a interrupção, Sr. Spencer, mas eu tinha de o dizer. Continue com a sua história.

6

-Não importa, Sr. Agente. Naquele momento, estremeci. Algo tinha acontecido naquela cidade e era muito mau, pensei. Só queria sair dali para fora, mas, como podem imaginar, não queria concordar com Karla e fugir como um cobarde. Queria ter razão. De alguma forma, queria resolver aquele mistério, se é que havia um. -Disse para mim próprio. -Não fazia sentido para mim que este sítio estivesse abandonado há décadas. Depois, antes de me ir embora, encontrei uma bíblia enorme. Tinha todas as páginas do Novo Testamento arrancadas, só restava o Antigo Testamento por alguma razão. Por baixo dessa mesa estava um pequeno livro com a legenda: "Matem os maus para que a terra volte a ser fértil e".

Para ser sincero, Sr. Spencer, contou-me uma história muito interessante, mas vou ser sincero: ainda não me disse nada de concreto sobre o que lhe aconteceu.

- O seguinte é muito importante.

-Verdade seja dita, sempre houve histórias sobre este sítio. Campos cheios de veneno, aparições estranhas e... sinceramente, já ninguém patrulha este lugar, excepto um par de vezes por ano. Não vale a pena, ninguém anda por aqui. E como me disse que se dirigia para a costa, o mais sensato seria apanhar a auto-estrada que sai da 15...

-Funcionário, acho que sei o que se está a passar aqui.

- Muito bem, estou a ouvir. Estou a ouvir, mas despacha-te; tenho de fazer uma patrulha depois de te levar.

- Quando peguei no livro de que lhe tinha falado, aquele que estava debaixo da Bíblia. Encontrei um livro aberto e no meio da

24

página uma coluna de nomes e, a julgar pela caligrafia, parecia ter sido feito por uma criança com menos de dez anos de idade. Nas primeiras páginas, havia uma lista de pessoas com o registo do seu nascimento e morte. Continuei a virar as páginas quando, na nona página, só havia nomes sem datas de nascimento e morte, até ao ano de 1970. O que eu quero dizer é que algo aconteceu nesse ano nesta aldeia. E tenho a certeza que tem algo a ver com religião, crianças pequenas e milho. Não tenho a certeza, talvez sejam apenas as minhas deduções, mas é como se algo os possuísse para criar uma nova religião maníaca. .... Isolado do mundo praticamente por milhares de quilómetros à volta e rodeado por dezenas de campos de milho e mato sem fim.

- E os nomes no livro, quero dizer, nas últimas páginas?

-Sim, era isso que eu lhe ia dizer, senhor agente. As páginas tinham apenas nomes como, por exemplo, Moisés, Aron, Isaías... obviamente os seus nomes tinham sido alterados para profetas do Velho Testamento. Isso indicava que esses gajos tinham morrido muito jovens, entre os 18 e os 20 anos, pelo que diziam as datas no livro; todos nascidos entre 1950 e mortos entre 1965 e 68. Morreram naturalmente, não me parece! De certeza que foram assassinados, ou melhor, sacrificados... Por que razão? Não sei, mas a minha teoria é que talvez os campos de milho estivessem a secar, e pensaram que era por causa dos pecadores, por isso acharam que os sacrifícios seriam a solução. Entre os sulcos colocaram os sacrifícios para, de alguma forma, apaziguar a fúria do seu deus...

- Isto é que é uma loucura! -exclamou o agente.

- Por alguma razão, esta religião de crianças dementes decidiu que ninguém depois dos vinte anos de idade deveria permanecer vivo e ser sacrificado. Por isso, provavelmente começaram a sacrificar os adultos, avós, pais e mães algures nesse ano. Assassinavam-nos enquanto dormiam. Envenenavam-nos, ou talvez os desmembrassem vivos... e tudo isto para as searas, para apaziguar a fúria, segundo eles, do seu deus, esse deus do milho que, segundo eles, anda perto, muito perto, se entrarmos nas searas. Estava assustado, mas algo me deteve; outro livro e nele havia um nome, Samuel, e dizia que o seu sacrifício seria dentro de dois dias, nem quero imaginar o que aconteceu ou aconteceria a esse pobre rapaz. Naquele momento, um arrepio percorreu-me o corpo, algo não estava bem e eu e a Karla estávamos em perigo. Então, abri as portas do vestíbulo e corri para fora da igreja que tinha sido profanada. Esperava o pior. Quando saí, a luz do sol atingiu-me e cegou-me momentaneamente. Quando olhei na direcção do carro onde estava a Karla, vi-a a agitar freneticamente os membros, enquanto, a metros de distância do carro, as crianças começavam a aproximar-se. Sim, crianças de todas as idades. Muitas delas riam e gritavam de terror, enquanto outras seguravam facas, catanas e pedras. E até uma menina com menos de oito anos trazia um pau pontiagudo pronto a...

Toda a gente começou a sair de todo o lado; foi uma loucura, enquanto a Karla não parava de carregar na buzina, aterrorizada com a cena que estava a presenciar. Eu estava parado no degrau da frente da igreja, chocado com o que estava a ver. As raparigas usavam vestidos até aos tornozelos e os rapazes um fato completamente escuro, enquanto os mais velhos usavam pequenos chapéus feitos de palha de milho seca. De repente, à minha frente, as crianças dirigiram-se para o carro, não sem antes olharem para mim com um certo ódio, como se estivessem numa espécie de transe diabólico. Nesse momento, gritei com todas as minhas forças para que a Karla pegasse na pistola de 9mm que estava no porta-luvas. Nesse momento, as crianças começaram a subir para a parte da frente do carro e para o toldo. Minutos depois, o ataque frenético começou, deixando as janelas partidas e os pneus inutilizados. Karla estava a delirar, frenética, fora de si. Quando o ataque parou e o carro ficou inutilizado, as suas mãozinhas não pararam até encontrarem o seu alvo: abrir a porta. Queriam forçar a Karla a sair, mas ela resistiu agarrando-se ao volante, até que um deles se inclinou, sacou de uma faca e... sim. Ele enfiou-a na artéria carótida dela. Ao ver aquela cena horrível em que a Karla tentava estancar o sangue no pescoço com as mãos antes de ficar inconsciente e morrer. Corri com todas as minhas forças em direcção a ela, mas não antes de um rapaz, talvez com quinze anos, se atravessar no meu caminho, e metros depois senti uma dor aguda e lancinante no meu ombro direito. Quando me virei, vi o sorriso zombeteiro de um rapaz sardento que me disse: "pecador, pinta-te ou a tua alma irá para o inferno". Como pude, tirei a pequena faca do meu ombro e, sem hesitar, enfiei-a na sua garganta, fazendo-o sangrar até à morte, à vista de todos. Aproximei-me dele decidido a repetir a mesma acção em qualquer pessoa que se aproximasse. Lembro-me de ter gritado em desespero, com a adrenalina ao rubro: "Para onde a levaram, seus sacanas?" A maior parte deles parou à minha volta por uns instantes, agarrando com força nas suas armas afiadas. De repente, um pequeno grito infantil dizia: "Vamos matá-lo", vamos matá-lo, ele é um pecador". Depois disso, uma chuva de pedras caiu sobre mim, tudo parecia um filme de terror sangrento.

Primeiro a nossa luta como casal, depois perdemo-nos, depois atropelámos aquela criança que agora que me lembro é um deles, e depois a tentativa de me assassinar, não sem antes levar a Karina, certamente já sem vida, para a sacrificar.

Apesar dos golpes que sentia das pedras e sabendo que não conseguiria nada ali, corri com todas as minhas forças em direcção à estrada, tentando perder-me o mais depressa possível. Imediatamente, com medo de deixar um rasto de sangue a sair do meu ombro, perdi-me no milheiral, sem saber para onde ia. Atrás de mim ouviam-se vozes infantis que diziam: "Apanha-o, mata-o como puderes, faz o sacrifício". Parte de mim perguntava-se se conseguiria correr e chegar a um sítio seguro, longe daqueles sacanas que eram dezenas deles.

Em breve o milho fechou-se atrás de mim e foi então que pude respirar em segurança durante algum tempo. Avancei durante quilómetros, talvez por medo de ser visto do alto das árvores por um movimento anormal no milho. Depois de talvez quarenta minutos e com o coração a bater durante horas, caí de joelhos no chão; estava exausto. Já se ouviam as pequenas vozes das criaturas ao longe. Embora fossem muitos, apercebi-me de que estavam muito mal organizados. Naquele momento, agradeci a Deus por ter deixado de fumar e por ter conseguido salvar-me daquela vez. Não sei se isto é correcto, mas apesar de ter visto a Karla ser atacada e morta e depois levada, não me senti culpado. Talvez fosse a aversão que sentia pelos três anos de casamento que vivi com ela, que foram terríveis.

À medida que avançava nos sulcos do milho, esquecia-me de que, por baixo deles, havia cadáveres de centenas de pessoas, mas, no fim de contas, estava a sair dali são e salvo, o que importava o resto. Cerca de dez minutos depois, as pequenas vozes demoníacas voltaram a ouvir-se. Sem dúvida que não iam desistir tão facilmente, estavam a vasculhar todas as partes daquele milheiral que certamente conheciam muito bem. E começam a usar tácticas, como falar baixo para me atingir. Era-me cada vez mais difícil tentar ouvi-los nas minhas costas.

O tempo passava depressa. Quando peguei no meu relógio de bolso eram quase 5:20 da tarde e o sol já se tinha posto, o que tornava sombrio estar no meio das linhas de milho, pois as folhas da planta faziam sombras que por vezes me confundiam pensando que aqueles bichinhos me tinham encontrado. Fiquei ali agachado num sulco tentando captar uma voz, mas nada, talvez aquelas malditas criaturas já estivessem fartas e resolvessem voltar.

Foi então que pensei que era altura de partir. Quinze minutos mais tarde, saí novamente para uma estrada de terra muito diferente daquela por onde entrámos na aldeia, com cercas de paus velhos e árvores de outro tipo, onde abundavam corvos e pequenas aves de capoeira. Após cerca de 300 metros de caminhada, encontrei um carro no meio da estrada de terra. Tentei pô-lo a trabalhar, mas não tinha a chave, mas felizmente havia um telemóvel no banco de trás, que peguei e saí imediatamente para a estrada, uma estrada que parecia invisível a partir da estrada, depois olhei para os lados e estava lá a mesma bomba de gasolina onde eu e a Karla tínhamos voltado horas antes, por isso entrei, escondi-me e liguei para a operadora da polícia e o resto, já sabe, senhor agente.

- Inacreditável! Sou sincero, Sr. Spencer, a sua história é realmente credível. Na esquadra da polícia ouvimos histórias como esta, mas toda a gente tem medo e fica calada, ninguém quer investigar. O meu colega Michael tinha razão, devíamos ter bloqueado esta estrada. Há dois anos que não temos um incidente como este. Simmons Brown, um amigo que trabalhava para o governo, veio aqui há dois anos à cidade de Yarling para efectuar um recenseamento não oficial, E... desapareceu sem deixar rasto. Nunca mais foi visto.

- E não achas que já chega de...?

-Para mim, sim, Sr. Spencer. Não sabe o quanto lhes implorei para que iniciassem uma investigação sobre os responsáveis. Mas não obtive qualquer apoio. É como se toda a gente ali fizesse parte de tudo isto. Como se alguém nas sombras estivesse a permitir tudo o que se está a passar. -O agente estava um pouco desanimado com a história que acabara de ouvir, enquanto respondia ao seu dispositivo de comunicação apenas para confirmar a sua localização. - Para onde acha que a sua mulher foi levada?

-Isso é o que eu gostaria de saber. Embora eu duvide que ele esteja vivo agora.

-Sr. Spencer, vamos procurar a sua mulher, talvez ela ainda esteja viva. Não se preocupe se aqueles sacaninhas aparecerem; eles saberão o que é autoridade", disse o polícia.

- Nunca mais lá voltarei, Sr. Agente.

- Olhe, Sr. Spencer, se recusar, posso prendê-lo e acusá-lo de cumplicidade. Não se esqueça, eu sou a autoridade. Para seu bem, venha comigo.

-Siga-me. E despacha-te, não restam mais de duas horas de luz do dia. -disse o agente, enquanto Walker se sentava na parte da frente do carro-patrulha e o agente partia para a cidade por volta das seis horas.

-Então, qual é o vosso plano oficial? -perguntou Walker enquanto a patrulha descia a 14 em direcção à cidade.

7

- A esta hora já devem estar dentro da aldeia, não há que ter medo, tenho armas, uma pistola de 10 mm e várias caçadeiras na bagageira.

-Como não passamos pelo oficial e voltamos ao principal, acho que não vale a pena correr o risco.

-Eles são apenas uns malditos bastardos, não há nada a temer", disse o oficial enquanto virava a patrulha para a entrada da estrada que conduzia à aldeia de Yarling. -Eles devem ter um líder entre eles.

De repente, Spencer gritou bem alto, apontando para o lado da estrada que estava vedado com três fios de arame horizontal.

-Aqui, pára, agente aqui...

- Que se passa? Que raio se passa consigo, Sr. Spencer? Está a tentar matar-me de susto.

-Perdão, estava a olhar para uma coisa ali no horizonte.

Sim, eu vi-o, parece um crucifixo gigante no meio do milho. -Parece um crucifixo gigante no meio do milho", comentou o agente quando Walker passou por uma abertura na vedação e se dirigiu para a cruz a cerca de 200 metros de distância, talvez da estrada. Segundos depois, o agente seguiu-o e aproximaram-se da cruz.

-Oficial de espera.

- O que é que se passa?

- Já reparaste que está no chão? Não há insectos nem pássaros neste local que conduz à cruz, que estranho!

-Tens razão, não é nada como se algo os repelisse. O que me espanta é saber quem é que faz uma plantação de milho tão perfeita?

- Também não há vento deste lado.

8

Segundos depois, os dois ficaram petrificados com o que encontraram naquela enorme cruz no meio do milharal. Uma cruz que se erguia a três metros do chão, e no meio dela estava pregada Karla sem olhos e desmembrada, mas não foi só isso que encontraram; a quatro metros de distância havia uma outra cruz mais pequena que não se via da estrada, e era talvez o dono do carro que Spencer tinha encontrado no meio da estrada de terra batida, e estava tal como Karla na cruz morta por aquelas crianças e sem olhos.

- Não!", gritou Walker aterrorizado, levando as mãos à cabeça. -Karla, não. Karla....

-Vamos embora, Sr. Walker", disse o agente Steven. Vamos embora daqui.

- O que é que se passa, senhor agente?

-Vamos sair daqui imediatamente, vem aí qualquer coisa. -respondeu o agente Steven, sacando da arma e gritando.

-Para onde fugimos oficial, as linhas de milho estão a fechar-se... não podemos....

-É impossível, isto é um produto do demónio... *(gritos desesperados)*.

(Citação do livro infantil 1970)

"Tudo isto foi-me ensinado há muitos anos. Ele disse-nos que temos de sacrificar os pecadores para que o Senhor se agrade e abençoe as nossas terras e, se o fizermos, o milho não secará. É preciso derramar o sangue dos maus para que os vossos pecados não sejam demasiados".

(Voz principal das crianças algures em Yarling)

"O homem de verde, de olhos vermelhos, que anda por detrás das fileiras de milho e que é nosso senhor, disse-nos que estes dois cadáveres impuros que foram aniquilados vos querem longe para os corvos, não são puros para o sacrifício, por isso levai-os lá para fora para que os corvos e as aves os devorem...".

A boneca amaldiçoada

Um telefone tocou na casa dos Wilson por volta das quatro e meia.

- Tudo bem, Robert? É bom ter notícias tuas, irmão. Como estão todos aí?

-Não muito bem, Harry.

- O que é que se passa?

- A tia... Elisa morreu.

- É inacreditável, e como é que tudo isto aconteceu?

-Acho que ele morreu de ataque cardíaco de manhã. Entrámos em casa. Eu e a minha mulher estávamos de visita e encontrámo-la caída no meio da cozinha. -respondeu Robert, à beira das lágrimas, com a voz embargada pelo momento.

- Sabes se ele tinha um problema de coração, não sabes?

-Não que eu saiba...", respondeu Robert. -Hey irmão, podes dar-me uma ajuda?

-Claro, irmão. A Jéssica está agora no trabalho, deve estar aí dentro de duas horas; eu conto-lhe tudo e partimos imediatamente com os miúdos para Maryland.

-Isso seria óptimo, muito obrigado, irmão. -Robert comentou.

-Então devemos chegar amanhã, se não houver muito trânsito, por volta das 9 horas.

-Podem ficar connosco, a minha casa é pequena, mas...

-Sabes se o Motel Skirtlow ainda existe na avenida perto da casa da tia Elisa?

-O velho motel ainda lá está.

- Óptimo! É lá que vamos ficar. -respondeu o Harry.

Então, até amanhã, Harry, cuida-te e adeus.

-À mesma hora. Vemo-nos lá.

Três horas mais tarde, Harry e a sua família estavam a caminho de Dallas para Maryland, uma viagem de mais de vinte horas. Na estrada livre para Warkinham.

- Ei Dany! Empresta-me o teu tablet.

-Não sejas chorão, Yimi. Ainda nem sequer passaram vinte minutos.

- Mamã! O Dani não me quer emprestar o tablet, já jogou demasiado.

-Podem calar-se, por amor de Deus? O papá não está bem. -sussurrou a mãe, Jada, por baixo da respiração, enquanto olhava por cima do ombro para os pequenos demónios. E a irmã mais velha, de 14 anos, fez uma cara de fuchi para o lado dos dois malandros que não tinham mais de 9 anos.

-O pai não olhava para a tia Elisa há cerca de 10.000 anos. -Sandy murmurou. Ao mesmo tempo, os dois malandros disseram. "Espero que ele nos tenha deixado a casa".

- Fazes-me um favor e calas a boca, Sandy. Mais um comentário desses em frente ao tio Robert e acredita que os "mato". Fui claro?

- Sim, papá! - exclamaram todos em coro enquanto faziam caretas.

- Calma, Harry! Não digas isso aos miúdos. Isso é muito errado da tua parte.

1

-Estou calma, Jada, foi só uma correcção.

-Por favor, estejam calados, não quero gritar com eles outra vez. -Harry avisou enquanto olhava pelo espelho retrovisor para os malandros e punha a tocar um clássico; "Heaven" de Bryan Adams para, de alguma forma, aliviar o stress.

Chegámos a casa da tia Elisa por volta das oito da manhã. A casa dela estava rodeada por um terreno arborizado que era propriedade da família e, a 400 metros de distância, ficava o lago SUN, onde passei a maior parte da minha infância. Por um lado, estava feliz por ver aquela paisagem e aquela casa depois de tanto tempo, mas havia algo dentro de mim que não me agradava.

Do que é que não gostaste? -uma vozinha diabólica dentro de Harry podia ser ouvida a dizer.

-Não é o carro do teu irmão Harry? -disse Jada.

-Se está lá dentro, vamos entrar.

- Ei, crianças! Larguem a merda dos vossos tablets e saiam do carro. Vamos para dentro", disse o pai.

Alguns minutos depois:

-Harry, é suposto o teu irmão estar aqui, não é?

-A casa é enorme, com certeza ele deve estar num quarto qualquer. -disse Harry, aproximando-se das escadas que davam para a cave: -Robert, irmão, estás aqui?

Aqui em baixo na cave, desço num segundo", ouviu-se a voz de Robert a responder. Enquanto se ouvia o som de caixas de cartão e de coisas a serem arrumadas, "Estou lá em baixo na cave num segundo", ouviu-se a voz de Robert a responder.

-Olá irmão, ainda bem que vieste. Muito obrigado. -Olá, campeões, como estão? -disse cordialmente enquanto cumprimentava os restantes sobrinhos e sobrinhas e Jada com a sua simpatia característica.

-E onde está o corpo da Elisa?", perguntou Jada.

A agência funerária levou-a e... Sabe, toda a papelada está lá em cima no quarto. Se me quiseres ajudar com isso mais tarde, porque eu não sou muito bom nisso.

Naquele momento, a minha atenção estava concentrada no aspecto abatido e abatido do meu irmão Robert enquanto conversava com a minha mulher, e foi por isso que não reparei que a Yimi e a Dany foram à cave e abriram uma caixa. Apercebi-me disso porque uma delas disse:

- Papá! Encontrámos uma boneca linda, podemos brincar com ela?

Foi nesse momento que o vi, oh sim, aquele brinquedo depois de tantos anos.

"Não lhe podes chamar um mero brinquedo, Harry, que foi teu amigo durante muitos anos", ouviu-se de novo a vozinha zombeteira e diabólica.

Era um boneco de 45 cm, vestido de preto, com um sorriso no rosto e uma pequena chave nas costas para lhe dar corda.

"Já passou muito tempo, Harry, não sentiste a minha falta?

Papá, encontrei-o", ouvem-se os dois meninos a lutar pelo boneco.

-Começa de novo", disse Jada, desviando o olhar de Robert.

-Dá-me essa boneca, é um brinquedo da minha infância", ordenou o pai.

- Quem é que quereria brincar com uma coisa destas? Que horror", comentou a irmã mais velha.

Papá, dá-me isso, eu quero dar corda. Eu quero dar corda.

- Não! Está inutilizada há muito tempo. Por isso, vou ficar com a boneca e ponto final na história. -disse o Harry. As crianças subiram as escadas da cave e depois o Harry voltou a esperar pela boneca ensanguentada.

Demorámos horas a pôr em ordem os documentos e coisas do género. Quando alguém morre, há muita coisa para fazer, muita papelada, e notificar os conhecidos leva muito tempo. Depois disso, eu, o meu irmão e a Jada sentámo-nos todos numa mesa pequena, a mesma mesa que eu usava em criança para fazer os trabalhos de casa.

- Onde estão os meus sobrinhos e sobrinhas?

-Eles estão a divertir-se no pátio. -disse Jada

Divirtam-se, pois não é a mesma coisa na cidade", comentou Harry.

-Só que não vão para o lago", disse Robert.

- Porquê?

-O buraco de Harry.

Eu vou buscá-los", disse Harry, deixando-os a conversar.

"Harry, perdeste a memória tão cedo - voltou a sussurrar, e aquela maldita voz diabólica ouviu-se perto de Harry, provavelmente vinda do boneco.

Fui buscar as crianças, mas claro que levei a boneca da caixa comigo.

"Vais levar-me a dar uma volta, Harry, como nos velhos tempos."

Agarrei o macaco com uma mão, enquanto uma parte de mim sentia nojo de o fazer. Odiava a sensação do seu toque, mas mesmo assim não queria atirá-lo de um lado para o outro. Agora que ele estava de volta, não podia perdê-lo de vista nem por um minuto, podia ser perigoso.

-Dany, não corras para perto dessa relva, há um poço e podes cair lá dentro. -avisou o pai, enquanto via as duas crianças a brincarem e a correrem uma atrás da outra. -Olha papá, o que é o poço?", pergunta Yimi de repente, quando pára de correr.

"Vamos, Harry, mostra-lhes o poço!"

-Este é o poço, crianças. Como vêem, é bastante fundo e pode ser perigoso se caírem nele.

-É uma merda. Não se consegue ver o fundo", disse Dany à beira do poço, que estava rodeado por um pequeno círculo feito de pedra.

-Pai, posso atirar esta pedra?

-Claro que sim, Yimi.

Podia ter atirado o macaco, tal como o meu filho fez com a pedra, para o fundo daquele maldito poço. Mas, infelizmente, acho que não teria servido de muito.

2

"Porque Harry, vá lá, diz! -disse de novo aquela vozinha atroz.

Porque eu já o tinha feito antes, já tinha saído do fundo daquele poço em 1968.

- Onde é que vais, Harry?

-Para o pátio, mamã.

-Acho que é um pouco tarde para ir ao parque infantil, porque não vens comigo ver a novela?

- Quero ir lá para fora, mamã.

-Mas não te vás embora. Não quero que vás para o poço, está bem?

-Está tudo bem, mãe", disse Harry.

Mas, infelizmente, não dei ouvidos à minha mãe e aproximei-me do poço, que naqueles anos só tinha sido construído há um par de semanas. Foi o mesmo que fiz hoje: carreguei o mesmo boneco de forma debaixo do braço e senti-o igualmente áspero, duro e desconfortável, e ele sussurrou-me no seu tom zombeteiro característico. Mas, ao contrário do que aconteceu hoje, daquela vez eu estava determinado a cumprir a minha missão. Lembro-me de o atirar para o fundo do poço de água suja e, enquanto me afastava, nas minhas costas, os seus sussurros diabólicos:

"Não nos podemos separar, Harry, somos dois espíritos unidos para sempre."

Lembro-me de ter feito isso umas três vezes e ele aparecia sempre dentro de casa. Da última vez, fez-me chorar muito.

Quando me aproximei de casa, a minha mãe estava à minha espera lá fora com uma notícia amarga, apesar da minha idade.

-Querida. A Sra. Mary telefonou a dizer que o teu amiguinho Bob caiu do telhado e... -Desculpa. -A minha mãe chorou. O Bob foi a última vítima da boneca antes de ela não o voltar a ver durante décadas, até hoje.

Este motel é uma porcaria, Harry, como é que pudeste sequer pensar em trazer-nos para aqui. Os miúdos estão a fazer birras, não há wi-fi e ....

- Vá lá, não sejas catastrofista, o mundo não vai acabar porque não há wi-fi.

-Pelo menos terias aceite a proposta do teu irmão e nós teríamos ficado em casa. - Jada refutou.

- Não te preocupes! São só uns dias. Por favor, compreenda.

-Desculpa, Harry, tens razão, mas isto aqui também é muito stressante. Eu vou tomar um banho. -disse a mulher. -Uma última coisa, querida, espero que não vás dormir ao meu lado com esse macaco debaixo do braço, sinceramente dá-me náuseas.

- Não se preocupe! Eu guardo-a num instante. Só peço que, por favor, não o tires da mala. Está bem.

-Estás a agir como uma criança", disse Jada ao sair do quarto. -disse Jada ao sair do quarto.

"Porque é que estás a fazer isto, é inútil manter-me afastada. Vais meter-me nessa mala escura:

-Já estou farto de ti. Cala-te, seu boneco. -gritou-lhe Harry, empurrando-o com força para dentro da enorme mala, enquanto o boneco se ria com um sorriso diabólico.

Fiquei a olhar para a mala, à espera que ele voltasse a dizer aqueles malditos sussurros, mas para minha surpresa ele não disse nada. Aquela cena fez-me recordar a primeira vez que o vi, há muitos, muitos anos. Naqueles anos, Robert e eu ainda vivíamos em casa da minha mãe. O nosso pai tinha falecido sete meses antes. E numa noite chuvosa, por volta das dez horas da noite, antes de ir dormir, decidi ir à cave, ainda não sei porquê, mas talvez a melancolia de não ver o meu pai me tenha dado vontade de remexer nas suas coisas. O meu pai foi um comerciante marítimo durante toda a vida, por isso tinha sempre muitas coisas que adquiriu por todo o mundo. Depois da sua morte, a nossa mãe levou todas as suas coisas em caixas para a cave. Não foram mais de seis caixas que eu vasculhei, quando me deparei com ela. Uma pequena boneca com um sorriso misterioso e uma chave para lhe dar corda. E aparentemente tinha sido feita algures no Iraque. Foi a primeira vez que ouvi a sua voz, aquela voz maldita como um robô diabólico.

"Olá Harry... Não tenhas medo de mim, eu não sou mau.

-Olá. -Vocês assustam-me.

"Não tenhas medo, sou apenas uma pequena boneca velha. Nunca te faria mal. Queres dar-me um pouco de corda, é divertido mexer as minhas mãozinhas." -.

Não pensei muito e fi-lo. Dei-lhe corda. Naquele momento, enquanto lhe dava corda, algo aconteceu dentro de mim, algo me deu a sensação de que o que estava a fazer não era bom, pelo contrário, era muito mau. Só me apercebi disso na manhã seguinte, quando a minha mãe, a chorar, me reuniu a mim e ao Robert na sala de estar para nos dizer uma coisa.

- O que é que se passa, mamã? - perguntámos em coro o meu irmão e eu.

Lamento dizer-vos que a Mamby morreu.

A Mamby era uma espécie de ama-seca, uma mulher afro-americana com cerca de 55 anos de idade, de quem eu e o Robert gostámos muito. Segundo a polícia, a Mamby foi atropelada ao sair de casa. Um tipo drogado bateu-lhe com o carro e matou-a. Pelo menos a mãe disse que ela não sofreu. Mas o que realmente me arrepiou foi que foi exactamente na mesma altura em que eu estava a dar corda àquilo.

"É apenas uma coincidência, Harry.

Quando me apercebi disso, deduzi que a culpa era daquela maldita boneca. Por isso, corri para a cave e atirei-a imediatamente para uma caixa de madeira, e depois pus-lhe coisas pesadas em cima. E saí da cave, mas não sem antes ouvir os seus sussurros. "Por mais que tentes esconder-me, Harry, eu vou sempre encontrar-te.

Naquele dia, pensei que ele não voltaria a cruzar o meu caminho, mas obviamente estava completamente enganada.

- Como te sentes, querida, depois do teu banho? -perguntou Harry.

-E quem é a rapariga da fotografia?

-A minha tia Elisa quando era jovem.

- Uau! Como ela era bonita.

-Sim.

- Olá, Harry! Sei que isto tem sido difícil para ti e é por isso que estás tão stressado. Eu compreendo, mas tenta ser mais tolerante com os miúdos, não grites tanto com eles.

-Está tudo bem, querida. Vou dormir um pouco, estou muito cansada. Falamos sobre isso amanhã.

- Claro, amor! Boa noite", disse Jada, beijando-o. -disse Jada dando-lhe um beijo. -

Na verdade, tinha medo de contar à minha mulher sobre a boneca, porque ela provavelmente chamar-me-ia louco ou não compreenderia. Embora, para ser sincero, por vezes eu próprio me sentisse louco quando ouvia aquelas vozes dentro da minha cabeça. Em todas estas décadas, quase me tinha esquecido dele, mas, infelizmente, ele não o ia permitir. Porque depois da morte de Mamby, ele voltou.

Tinham passado cerca de onze meses desde que a Mamby tinha sido brutalmente atropelada, e durante todo esse tempo eu não tinha posto os pés naquela cave fria. Naquela tarde de setenta e dois, eu estava a chegar cedo da escola, com fome porque fui directamente ao frigorífico buscar sumo, e então ouvi-o novamente. O seu riso macabro pôs-me os cabelos em pé, porque não vinha da cave, vinha do andar de cima, onde Robert dormia.

- És tu, Robert? -perguntei enquanto me aproximava do quarto do meu irmão. Estava quase à beira das lágrimas, por isso tentei correr até meio das escadas, mas algo me impediu. Uma força misteriosa impediu-me de avançar.

"Harry, vem cá, preciso da tua ajuda", sussurrou de novo a voz do meu irmão Robert.

3

Quando cheguei ao quarto, abri a porta e, como era de esperar, não era o meu irmão Robert, mas sim aquele boneco que estava em cima da cómoda a sussurrar e a gozar. Corri para ele e chicoteei-o no chão, fazendo-o parar de mexer as mãozinhas por causa do movimento que as cordas lhe faziam. Mas mesmo antes de o esperar de novo, ouvi a frase que tanto temia e que vinha de alguma forma daquela boneca: "Como gostas de brincar Harry". Era claramente uma ameaça.

-Não lhe faças mal, meu irmão, por favor. -suplicava eu à boneca, coisa que nunca tinha feito a ninguém. Ali, no quarto do Robert, enrolei-me numa bola e deitei-me à espera que a mãe chegasse e me desse a má notícia. Ela chegou horas depois e encontrou-me a chorar.

- O que é que se passa contigo, minha filha?

-Nada, mamã, só caí.

- Onde está o teu irmão?

-Não sei. Não saímos ao mesmo tempo.

-Ele devia ter chegado há uma hora atrás. -disse ela. No fundo, eu tinha a ideia de que ele já estava morto àquela hora, só para o agente chegar e dar-nos a má notícia.

-Mãe, onde estás?

-Só estou a falar dele. Ele finalmente chegou. -disse a minha mãe. Naquele momento, não conseguia acreditar, era possível que o brinquedo não lhe tivesse feito nada. Mas no momento em que a minha mãe disse isto, os olhos selvagens do boneco viraram-se para mim e sussurraram: "Harry, tudo é possível". A mamã e eu descemos as escadas porque o Robert também estava a chorar, mas porquê?

-Tu também estás a chorar, querida. -perguntou a mãe à entrada da sala de estar.

-Mãe. O Tomy foi encontrado enforcado com uma videira numa árvore da sua casa. Dizem que ele estava a brincar e que se enroscou e...

Meu Deus! -exclamou a minha mãe enquanto abraçava com força o meu irmão Robert.

O Tomy Silver era o melhor amigo do meu irmão, por isso era natural que estivesse a chorar muito. Era também o melhor atleta da escola. É claro que eu tinha de fazer alguma coisa ou então todos os meus entes queridos morreriam por causa daquele boneco.

"Onde é que me levas, Harry? Não achas que já é muito tarde para passear?

Obviamente que não lhe respondi, peguei numa daquelas velhas placas de ferro e comecei a bater-lhe com toda a minha força, descarreguei a minha raiva nele.

"O que estás a fazer, Harry? Não vês que é uma loucura o que estás a fazer, não vale a pena fazeres isto. Eu sou apenas um boneco. Não me podes magoar,

Depois de a ter danificado consideravelmente, juntei os pedaços que tinham caído e estava prestes a deitá-la fora, quando uma força misteriosa dentro de mim me impediu de o fazer novamente. Por conseguinte, peguei numa caixa e voltei a deitá-las lá para dentro. Ainda hoje não sei porque é que o fiz.

- Querida, o teu telemóvel está a tocar, porque não atendes, vai acordar os miúdos. -Jada bocejou e voltou a fechar os olhos.

- Quem está a falar?

- Desculpa ligar-te um pouco tarde, Harry. Posso falar contigo por um momento? Não consigo adormecer...

-Claro. Deja pega num cigarro e sai para a varanda.

-Podem pensar que estou louco, mas digam-me que é ele.

- Do que é que estás a falar, Robert? - disse Harry um pouco espantado, pensando que era o único que sabia.

-Quem mais, o boneco. Tenho a certeza de que ele é o culpado de todas as desgraças. -disse Robert, bastante convencido, e insistiu até que Harry finalmente concordou.

-Sim, é ele.

- Eu sabia, algo me dizia que era aquela coisa. Que coincidência que em todas as desgraças que vivemos, o Bob, a Mamby e muitos outros estavam sempre lá na estante ou no quarto. Sabem como é que funciona?

-Não faço a mínima ideia de como ele o faz, mas se é verdade, é verdade.

-Há quanto tempo é que sabe disto?

-Não acho que isso seja importante, Robert. O que importa agora é que eu tenho um plano, que não posso contar agora, mas que, se funcionar, podemos nos livrar dessa coisa para sempre. Amanhã eu te conto - sussurrou Harry, tentando de alguma forma evitar que o boneco percebesse.

Está bem, irmão, conta-me amanhã.

Vou deixar-vos e tentar dormir.

-Acho que não o vou fazer.

-Eu também não, Robert.

4

Mas consegui dormir. Mas mesmo antes de o fazer, aquela maldita memória inundou-me a mente. E fez-me pensar quanto tempo levaria o Robert a perceber que eu tinha sido responsável pela morte da nossa querida mãe? -.

Naquela tarde de 1978, eu estava sozinho no meu quarto a jogar o meu novo jogo de vídeo que tinha acabado de comprar. O Robert estava lá fora com a mãe, quando, de repente, um barulho atrás de mim, pareceu-me ouvir as mãozinhas da boneca e uma vozinha a sussurrar: "Harry, Harry. Claro que não me virei e continuei a jogar. Era impossível que a boneca estivesse atrás de mim, pois eu tinha-a colocado numa caixa de madeira e talvez vinte quilos de coisas em cima dela - oh, sem esquecer que a tinha partido em pedaços há quase um ano.

"Harry, sabes o que costuma acontecer depois disto."

Não me importei de perder a minha série de jogos de vídeo. Virei-me e, inacreditavelmente, ele estava ali em cima da cómoda a olhar para mim com aqueles olhos escuros e arregalados como se dissesse: "agora dá-me corda e vamos fazer o trabalho". E, de facto, duas horas mais tarde, um paramédico acompanhado pela Sarah, a nossa vizinha, deu-me a notícia de que a minha mãe tinha morrido de um AVC. Chorei como nunca tinha chorado antes na minha vida, três vezes mais do que tinha chorado no funeral do meu pai. Com raiva, tentei destruí-la, mas sem sucesso, e um mês depois, quando eu e o Robert fomos viver com a tia Elisa, deitei-a no caixote do lixo de um vizinho, mas a maldita coisa voltou um ano depois, quando a encontrei num canto da cave. Não esperei muito tempo e foi então que a atirei para o buraco, o maldito buraco que tinham acabado de fazer na casa da minha tia.

- Pai, pai, acorda.

- Tudo bem Yimi, que horas são?

-São 11 horas", respondeu o rapaz.

-Porque é que a tua mãe não me foi buscar?

-Porque a mãe e o Sandy saíram às 9 horas e deixaram-me com o meu irmão Dany para que pudéssemos avisar-vos.

-Porque é que estás a chorar, Yimi, o que é que se passa? Querias ir com ela? -perguntou Harry, perplexo.

-Não papá, é que a... a boneca fala comigo. Não vais acreditar em mim, mas ela fala comigo. -disse o nicho, a chorar.

-Espero que não tenhas rodado a chave. -Harry ficou horrorizado.

-Ele queria o pai. Aquele macaco é mau, não é?

-Sim, querido, é mau. -disse ela e abraçou-o com força, sussurrando-lhe:

-Vamos lá tratar disso, querida, enquanto o teu irmão Dani acaba de jogar o seu jogo de vídeo. Quero que vás lá fora e recolhas o máximo de pedras que conseguires. Quanto mais apanharem, melhor. Vão! E espera por mim no corredor. -ordenou-lhe o Harry, ao que o rapaz obedeceu sem hesitar.

Peguei no raio do macaco e meti-o na mala, mas não sem antes alugar o carro ao tipo da recepção por cem dólares.

- Onde é que vamos, papá, e para quê? -perguntou Yimi no banco do passageiro.

"É a mesma dúvida que eu tenho, Harry" (Whispers of the doll).

- Vamos para o lago, querida, já vais descobrir.

-Pai, o boneco disse-me que tinha assassinado a tia Elisa, a nossa avó e o nosso avô, e muita gente, é verdade ou ele só me queria assustar?

-Infelizmente é verdade. -Harry disse e depois suspirou.

-Mas é só um boneco, como é que pode matar pessoas?

-Não sei Yimi, é um mistério....

Conduzi mais trinta minutos e chegámos ao lago por uma parte onde havia jangadas velhas, longe da casa da tia Elisa.

- O que estás a tentar fazer, pai?

-Vou pôr esta jangada no lago. Entretanto, dá-me uma ajuda: põe todas as pedras do saco na mala.

-Mas na água pode ser tratado.

-Eu e o teu tio Robert costumávamos nadar e remar neste sítio quando éramos miúdos, por isso sei.

"O que estás a fazer, Yimi?

-Pai, a boneca está a falar comigo. -gritou o rapaz enquanto atirava todas as pedras para fora do saco.

-Ignorar.

"Pega na chave que está nas minhas costas e dá-me corda, Yimi".

-Não lhe dês ouvidos, despacha-te a fechar a mala.

"Yimi dá-me corda. (A boneca voltou a sussurrar enquanto Yimi gemia.

Minutos depois, chegámos ao meio do lago, onde era mais profundo.

-A profundidade aqui é de alguns metros.

-Não chores mais, querida. Em breve esta boneca diabólica terá desaparecido para sempre. - Harry sentenciou, enquanto atirava a boneca para dentro da mala no lago, mas, para seu espanto, a mala não se afundou.

"Não vai ser assim tão fácil, Harry."

- Papá, a mala não se afunda.

- Afunda-te, seu brinquedo de merda. -gritou Harry, pondo o pé em cima da mala.

-Está a afundar-se, pai.

-É isso mesmo. Afunda-te, filho da mãe!

De repente, Yimi exclamou:

- O que é que está a olhar para o fundo da água?

-Deixa-me olhar para fora.

Segundos depois de me aproximar da água e continuar a ouvir aqueles malditos sussurros. Por baixo da minha cara, pude vislumbrar vários cadáveres de pessoas afogadas lá em baixo a olhar incessantemente para mim.

- Vamos lá Yimi...!

"Vemo-nos em breve Harry, vemo-nos de novo hahaha..." -.

5

De volta ao motel com o meu filho, tinha a certeza de que o telefone iria tocar a qualquer momento e que um agente me diria que mais do que um membro da minha família tinha estado envolvido num terrível acidente. Mas nada disso aconteceu. Infelizmente, só me resta esperar o resto da minha vida para um dia me virar e ver aparecer aquela boneca malvada, certamente produto de mãos demoníacas. Temo que esse dia chegue, porque sei que ele se vingará de um dos meus filhos queridos ou da minha mulher, e quando acabar com todos eles: eu segui-lo-ei certamente. Para depois passar para outras mãos entre as quais poderás estar tu....

Obrigado

www.ingramcontent.com/pod-product-compliance
Lightning Source LLC
Chambersburg PA
CBHW051318160726
47994CB00003B/1510